회상

KB194927

회상

2024년 10월 31일   초판 1쇄 인쇄 발행

지 은 이 ㅣ 김명선
펴 낸 이 ㅣ 박종래
펴 낸 곳 ㅣ 도서출판 명성서림

등록번호 ㅣ 301-2014-013
주   소 ㅣ 04625 서울시 중구 필동로 6 (2, 3층)
대표전화 ㅣ 02)2277-2800
팩   스 ㅣ 02)2277-8945
이 메 일 ㅣ msprint8944@naver.com

값 10,000원
ISBN 979-11-94200-31-4

김명선 제3시집

회상

도서
출판 명성서림

시인의 말

.

시간이 지날수록 미래와 현재가
점점 멀어지는 괴리감
날이 갈수록 남는 것은
지난 기억 속에 산다고 봐야 될 것 같다.
기억의 자락을 뒤지면
회상은 이집트 활자 같은
화려한 문양이 되기도 한다.
회상은 노을 같아서 인생의 귀퉁이에
남아 있는 마지막 꿈이기도 하고
때로는 드나들 문이기도 하여
나의 제3시집 제목은
회상이라고 쓰고 싶다.

차례

보아뱀은 어느 길 없는
사막을 헤매 돌고 있을까
그 많은 꽃 중에
내 꽃은 단 하나의
그의 꽃이 되었을까

회상

깊어지는 시간 속으로
당신이 사라진 뒤
나는 수평선을 응시하는
버릇이 생겼지요

지친 배들이 들어서는
수평선 멀게
가끔은 놓쳤던 구름 떼

그리움으로 밀며
산을 넘던 노을도
불 닿은 그을린 자국처럼
자주 마음속에 번지지만

몇 겹의 무늬 결로 와 닿으며
날아간 은사시나무 잎 안에
뼈로 새겨진 줄기같이
푸르렀던 생애엔
당신을 기억하는 일만
남을 것 같아

먼 허공만
할 일 없이 바라만 보고
생각은 불빛 안에
또 다른 반딧불인 양

날고 또 날아서
나의 하루는
당신 가슴 안쪽에서
기울어 가는 일

추억

호남대학교 어등백일장 수상 작품

지난밤에는
내 어린 시절 집이
빈 문만 삐걱거리며
쓸쓸한 길목에
큰 나무만 목을 뺀 채
나를 기다리는 것을 보았다

늙은 수양버들 모근 속에
기억들이 쑥쑥 자라
내 키를 훨씬 넘어서

깊은 꿈속엔
봄마다 그 길모퉁이로
은백양 씨앗이 설레며
눈꽃이 되어 날린다

반쯤 파먹다 만
철없는 저편 길을
잃어버린 아이가 된다

짐작

내 나이
이십 대의 시간 속으로
아랑곳없이

목마른 흙더미 속에서도
풀이 차올랐다

무성한 기억 속에
넘쳐나는 넝쿨 줄기
그림자 늘어뜨린
나무 그늘 사이로

'그래'
'그는 왔다 간 것이야'
나도 모르는 사이
마음속에 풀이 차올라
넝쿨이 우거질 때

달 속의 심장

그가 내게 왔을 때
아무것도 할 수 없었다

그저 떠가는 달처럼
심장의 박동 소리가 커지는
소리밖에 들을 수가 없었다

달이 깊어지면
환한 보름달이 되는 것 같이
거대한 우주에 싸여
천상을 운행하며
의문도 모르는 채 환하게
웃고 있었을 뿐

모든 사물은
달빛에 반사되어
은빛 벌판을 이뤘고
주옥같은 이야기들은
은하수 들판에 깔리고
지상에는 배꽃들이
수런수런거리며 일어났다

새벽이면 그대를 향해
밝은 심장을 달리라

바람의 여행지에서 — 1

한 남자가
내게 다가온 적이 있어요

지나가는 기차 안에서
그때 나는 초록 봄에
살고 있어서
세상은 늘
푸른 곳인 줄만 알았어요

의자가 필요하면
그늘이 되어 줄 테니
잠깐 쉬어가도 좋다고 말했을 뿐

그를 월남 전쟁터로
떠나보낼 때도
그 순간 그에게
삶의 의미에 절박함을
그가 아니므로
알 수가 없었어요

안개는 만질 수도 없고
알아볼 수도 없어
푸른 숲에 가려져
안개가 그를 감출 거라고
생각지 못하고
항상 초록 봄빛에
반사될 거라고만 생각했지요

바람의 여행지에서 — 2

멈춘 시계를 꺼내 보며
오늘은 그래도
열심히 뛰고 있는
사계절의 심장 속에
그가 있다는 것이
얼마나 다행스러운 일인지
뒤늦게 알았어요

겨울 초입에서
세상 여행을 끝내고
누가 먼저 떠날지는 모르겠지만
그래도 추억의 설유화는
눈꽃처럼 날리겠지요

가끔은 떠날
채비를 해야 되겠지요

무한한 생각보다 유한한 길에서
우리가 서 있기 때문에

그 마음 열리면

그의 집에 널리는
가을 하늘빛

연못 위 옥빛 물들어
빈 하늘 열리면

심장 위 알알이
수만 개의 산수유 열매로
타 내리고 싶으오

어쩌다 찬서리 내리면
그대 심장에 따뜻한
불씨이고 싶은 마음

기억 속 바람 일고
잔물결 져 파문 일면
잊힌 듯 돌아와
앉는 마음인 듯

잠시라도 닫힌 마음 열어주오
나 그제 길 같이 저문 세월 속
그대 올이 없지만

첫사랑

어느 봄날
당신의 발밑에
늘어진 시간을 밟아
그림자로 선 나는
동구 밖의 잎새들이
저마다 목을 뺀 채
꽃을 피워 일어나는 소리를
감미롭게 듣고 있었지요

숲에선 끝도 없는
고뇌로 텅 빈 머릿속에
언어들이 날아다니고
생각은 벼랑 끝에
지치다 떨어지고

폭포로 된 상념의 물방울들은
곧장 부서져
멀리 사라져 갔지요

지금도 해 질 녘이면
덜 닳은 시간이
운명의 계시처럼
그해 봄에 닿았는지
깊은 세월 너머로
열꽃이 돋아나곤 하지요

벚꽃 터널

지난봄
당신이 오시는가 싶어
벚꽃 터널을 지나
강을 건너면

혹시나 우리의 사랑이
꽃비에 지워진 것이
아닌가 싶어

너무나 눈부셔
눈을 뜨면 사라지는 것
아닌가 싶어

벚꽃 터널에 갇힌 생각이
아득히 휘날리어
그 길이
눈멀어 서성이고

정지된 숲

강기슭 결이 닿으면
번지는 수묵화 속
외로운 수선화

그 꽃
어디서 본 듯하여
가까이 가 어루만지니
물속 또 하나 나르시스의 숨결
그림자 어룽지어 흐르고
한 자웅 새는
시공을 초월한 듯

나무 칸칸을 어루만지며
사랑을 더디지 않으니
아니 흐른 듯
정지된 숲에 어우러진 한낮

은하와 은하가 만날 때

별들의 생성 속
서로의 이끌림으로
나 은하수 강을 건너기 위하여
가깝게 가깝게 다가가면

기원의 석탑을 돌아
첨성대에 오르고
아득한 그대의 눈 맞춰
오로라 빛 찬란히 눈멀어 오는 때

길 없는 빠른 광년
그대 만나 날개 흔들어
소유주 재탄생하는 날

파도 속 구름 엉키어
절정 이루고
은하와 은하가 마주쳐
하나의 몸 되고자
궤도에서
이탈하는 이 허허로움

힘찬 에너지 비밀스럽게 숨어 와
이니스프리스 섬으로
그대와 함께
오색 꽃 쏘아 날리는 한때

향기의 덫

부귀화의 목단도 자족함 없으니
밤사이 꽃 지움을 모르고

일몰에 화려함만
꿈꾸노니

날이 쉬 갈까 두렵노라
향 운무 넘치면
그대여 길 잃지 마오

백야

밤에 심장을 가로질러
반딧불 축제가 시작될 때
내 잃은 그대를 찾아 나서리
휘황한 백야에
그대 내게로 오니
꿈속이 밝다

빛나던 성좌 — 1

세찬 바람으로 지친 연꽃 위를
건너오는 백조같이

어설픈 꿈속으로
걸어 들어오는 당신

짙푸른 연못은
저 홀로 깊어져
부르는 이름마다
별이 되어
물속에 빠져버리고

지금까지
못 가졌던 이름이
그곳에서
살아나고 있었어요

뛰는 심장이
내 심장 소리와
같아지는 걸 느끼며

빛나던 성좌 — 2

당신이 달려오는 소리에
무수히 많은 별이 내 옷 속으로
숨어 버리고

푸르고 노란 별들이 돋아나
당신의 일부가 내 일부가 되듯이
차오르는 생명감이 풍만해져

그 끝도 없는 길에서
몸속으로 파고든 빛까지
성좌로 빛을 내지요

혜성처럼 빠르게 나타나
시도 때도 없이

비운

그는
구름이 내려오는
마을로 오라고 했다

그곳에 갔지만
구름은 그를 데리고
어디론가 가 버리고

떠돌이 바람만
마을로 내려오고 있었다

봄날에 던진 짝신 하나

지난봄
바람일 듯
그리움 화르르화르르 날리는
먼 산 눈멀어 오는 때

내 이른 봄은
누가 훔쳐간 것일까

짝짝이 신발 한 켤레
흘리고 간 이
누구일까

불꽃놀이 — 1

내 나이 이십 대엔
아마 불꽃놀이를 했었나 봐요

해에 데는지도 모르고
까맣게 속을 태우면서
마냥 연줄에
꽃을 줄줄이 달고 가
하늘을 날으면

공중에 띄운
부레가 부푼 고기들이
헤엄치다 부레가 터져
떨어진 고기들도 있었지만....

불꽃놀이 — 2

불꽃놀이 중
다 못 날았던 남은 불티가
내 눈 안에 숨어서
가끔은 사라진 불꽃이
궁금하기도 해요

아주 풋풋한 사과 볼 안에
해같이 맑은 사내와
가끔은 되뇌어 보는 말들

공기보다 가볍게
날아간 이야기에 의미도
다시 궁금해져요

사랑이란

오늘 그대에게로 가네
나이테 하나 더 그으며
길 위에 지워진 하루가
지치다 속절없이
하루 반을 남길 때

그대여
무겁고 가벼운 것이
우리가 알지 못한 사이
지나가는 사랑일지도 모르네

힘들면 놓아버리고 잡기도 하는
소금에 절인 물기 마냥
짠 생의 일부분일지도

아니,
민들레 씨로 가볍게
날고 싶은 날개일지도

더딘 하루 한나절
그대에게 가는 길이 멀기만 해서
그렇게 찾아가는 것일지도 모르네

하현달

기억의 문에
사닥다리를 걸치다
흑암을 타고
높이 오르는
달 속에 비친 얼굴
반쪽을 본다

먼 계수나무 사이로
언뜻 보이는
나뭇잎 엽맥 줄기에
희미한 모습

아무리 그려도
못다 그린 얼굴이어서
훔쳐보다 마음을 들킨다

은유 속의 탈출

은유의 시선들이
포말을 그리며
내려앉는다

물살 칠 때마다
수석의 몸에 문신을 남기어
가라앉아 내재된
광기에 물살을 밀어 올리다
시도하는 탈출

열림의 충만함이 팽창해지며
황폐한 권태를
이완시킨다

극한에서 튀어나오는
황홀한 지상의 풍경이여

안부

물길 따라
떠내려가다 보면
거대한 바위섬 곁에
맴돌아 비치는 모습

아! 멀리도 왔구나
굽이치면서
나는 무사히 이곳에 닿아서
오늘 그대 안녕하신가
묻고 싶네

잠깐 물그림자로 디디어서
봄 햇살마냥 여울지며
내 세상 안에 빛나던 그대
함께 흐르지 못한 연리지

사랑이여
언제 만날지도 모르는 오늘
나 흘러가면서
그대 안부를 묻노니

사라진 정원

기억 속 지친 그늘에 묻히며
꽃들이 달밤 속으로
부서지는 날

한 남자가 옥상 난간에서
샤갈의 마을을 내려다보며
울고 있었어요

추위에 못 견딘 이파리들이
하나둘씩 떨어져 나가고

아무것도 할 수 없는
불감의 나날 속에 끼어
숨죽이고 울고 있었어요

'어디 갔지?'
'행방불명이 된 내 초록 정원'
'미처 알 수도 없는 그 많은 꽃들'

남자는 중얼거리며
담장 밑에 마른 잎을 단
얼어붙은 장미 한 송이를 보았어요

"여기는 너무 추워요"
"꽃 사태를 방임한
계절은 어디로 도망갔나요"

수없이 하얀 나비들이
공중곡예를 하며
사라지고 있었어요

그때가
겨울 초입이었을 거예요
아마도....

기억 안

진흙 안에 꽃밭 딛고
퍼지는 연잎같이
가라앉으면

자꾸 내 이른 봄은
시달리다 지치는지
물안개 속을 맴돌다
혼자 떠가서
바위틈에 처박히고

누가 내 꿈을 밀어 올리는지
노을로 꽃불 놓다
담금질하며
속살을 가만히 열어 놓는다

가을 길에 서면

낡은 시절 속
아지랑이 같은
그대가 살고 있는지

내 안쪽에는
계절을 타고 다니는
검불 몇 개 날아

남향 창밖 눈부시게
은행잎 깔리는 그 길로
가끔은 그대 오시는지

날리는 기억 물들이며
낙엽 몇 잎 머리에 얹고서

일없는 가을 저녁엔 — 1

가을 땅거미 속으로
살아 오르는 불빛의 저항
바람은 제 몸을 섞어
미끄러지듯
도시의 밤거리를 돌아다니고

몇 잔의 술과
나누는 저녁에
잔잔해지며 내려앉는 노랫소리는
모순과 번뇌의 시간을 내려놓는다

일 없는 가을 저녁엔 — 2

무료한 날의 늪처럼
가라앉는 빈 의자여

너가 다리를 받쳐 주지 않았던들
나는 쉼 없이 걸어 다녀야 할
이유가 있는 것 같이
허방 속에 서 있어야 할 것을

외로운 건 제일 힘든 일일 테지
제 잎을 떨궈 내며
서 있는 나무같이

닫힌 문

그의 집 문에
영원히 살 것처럼
문구를 보며
반문해 본다

이 세상 사전에는
영원이라는 것은 없는 것인데

아련히 보이는
첫사랑의 풋풋한 집
얼마 남지 않은 시간을
두드려 보고 싶어졌다

빛의 속도로
광년의 세월을 질주한 듯
길이 지워져
우거진 숲을 헤치다

총총히 박힌 별이
눈부시게 부서져 내릴 때
지나치며 보았던 집
닫힌 문을 바라보며
없는 열쇠를 빈 손에 쥔 채

건망증이 걸린 노파같이
중얼거렸다
'열쇠는 어디다 두었을까?'

빗속의 추억

하루가 물바람으로 흔들릴 때
나는 수중 도시로 가고 싶어진다

후미진 돌담을 돌아
숨겨 논 그림의 전시장 속엔
사람들은 저마다
비밀스럽게 걸어다니며
모두 다 우산에 가리워
보이지 않기를 바랐다

비는 비를 키워서
하늘에서 땅끝까지 닿아
내리며 웅성거리고

한때
내 사랑도 은사시 같은
연서 한 장
우산같이 펼치고 왔지

그리고는 꿈속인 듯
아득히 안개 짙은 거리로
사라져갔지

비운 별자리에게

10월은 눈이 텅 빈 자와
세월을 반을 잘라내어
별의 눈물을 받아
새벽까지 흘러가
엇돌다 만 시간에
돌아올 수 없는
내 사랑을 위해 기도하리

어지러운 생각들이
여러 해 빈터를 서성일 때
저무는 하늘에
먼저 불을 끄는 이들에게
상처 줄 일도
상처 받을 일도 없는
비워서 한 줄 세워
같이 가는 세상이기를

바람의 집에다

나 오늘 풍향계를 달고
지도에 자라나는
푸른 동맥을 타고
떠나야겠어

아름다운 독버섯이
유혹해도 모르는 척

밀밭 속에 움트는
음모도 지나치고
농익은 복숭아밭도 지나쳐서

그대 담 밑 슷제
능소화 줄기로 죽치고 앉아

달빛 바랠 때까지 기다렸다
실오라기 피는 거미줄을
아무도 모르게 쳐 놓아야겠어

슬그머니 삼단 머리칼로
덮어 놓아야지

오늘 하루는

늦은 오후 돌담을 끼고 있는
공원 어귀에
산 이끼는
습한 공기를 들여놓는다

이어서 그림자
그늘에 드리우고
잠깐 거짓에 이유는
곧 참된 이유와
나란히 손을 잡는다

아무도 그곳이 허공이라는
사실을 알지 못한 사이
공간은 사라진다

지난봄 이야기

시간을 되감아 보면
그리움이 짙어지는 시간
문을 열고 들어서면
늘 우리는 환하게
웃고 서 있었다

처음 만난 것처럼
시간을 잊은 채로

아! 거기
그곳에 아직도 살고 있었구나

어쨌든지

늘 그래야 했다
탯줄을 끊는 순간
분리된 객체로

우리는 지구에 실체가 아닌
허울을 감고
둘 곳 없이 돌고 있는 지구 위를
엇갈리는 발로
부지런히 따라다녀야 했다

선택의 여지 없이
시작된 치열한
생애의 갇힌 단면 안에
벗기면 벗기는 대로
입히면 입히는 대로
매일 중독의 연속성

벼랑 끝에서도
거짓의 이유는 통했다
'내일은 아닐 거야'

그 봄 속에서

목련 같은 그리움이
하얗게 피어오르는 봄날엔
끝 간 데 없는 시공을 넘어서
저 먼 곳 그대 창문에
이슬방울로 내리고 싶다

그때엔
벚꽃이 눈꽃처럼 날리고
그대 손가락 사이로
떨어지는 꽃잎을 받아 쥐고
막힌 창과 창을 마주 열면
설익은 봄은
실루엣으로 가려지겠지만

순간 어느 별에서 와
선연한 빛으로 교차되어
스쳐 지나간 자욱한 안갯속
꿈인 듯 더듬어 가서
세상은 봄날 빛깔처럼
아름다웠다고
말 전하고 싶다

지금은 메아리로
퍼져 나간
지난 이야기지만

장미 정원 — 1

어느 때
기억의 줄기를 타고
들리는 소리인지
휘파람 소리가
들려오고 있다

어둑어둑한 날
저무는 산모퉁이를
휘_익 보이지 않는 모습
아득도 하여라

말이 없다고
생각도 없겠느냐
말수가 없을수록
생각이 깊은 날도
늘어났는데

저 멀리 숲 가지에
걸어 놓은 은빛 거미줄에
구슬로 꿰던 눈물방울
푸르게 어리어

봄이면 찔레 덩쿨로
뛰어내릴 때
숨 막히도록 황홀한

슬픔의 향기여
무더기로 피는 꿈 조각
저녁노을이 물들 때까지만
바라볼까

장미정원 — 2

보아뱀은 어느 길 없는
사막을 헤매 돌고 있을까
그 많은 꽃 중에
내 꽃은 단 하나의
그의 꽃이 되었을까

가끔 엉킨 길 찾기에 들어서서
달빛 자락에 드러낸
바랜 지도를 눈이 아리도록
들여다 볼 때
서산 끝에 몰고 가는 휘파람 소리

저문 장미 정원은
쓸쓸도 하여라
나 어느 날 죽어
그대와 붉은 장미 정원
피고 지고 싶어라

춤추는 새

처마 밑에 매달린 풍경 소리
아랑곳없이
바람은 저 홀로 놀고

꽃들의 설렘을 흔들다 온
열대 지대를 건너는 열정의 새
은밀한 꽃샘 밑에
발화하는 수액을 빨아먹는다

밤의 세계를
내려다보는 달 아래
날개 펴다
사랑 무죄임을 주장한다

바랜 편지 — 1

오늘은 편지를 써야 되겠다
외출할 때 같이
바람에 프릴을 달고
하늘거리며
악장처럼 내려앉는
잔잔한 편지를 쓸 거야

받는 이 없어도 괜찮아
진주알 꿰어서 굴리듯
너가 오가는 길에
가만히 던져 놓을 거야

바랜 편지 — 2

예전에 내 편지 속에
그려 준 삽화도
오늘은 다시 너에게
그려 넣어 주어야지

정말 흐린 기억이지만
주소도 잃어버렸지만
찾아서 오늘은 꼭 부치고 말 거야

눈 내리는 백야 ― 1

들이치는 허공에
길 잃은 밤
어스름 내가 서 있고
서 있는 곳을 향해
꽃은 일제히
약속이나 한 듯
머리에 파도를 날린다

아! 이 세상이 아닌 듯
나도 그 꽃에 가
안으로 피고 싶다

눈 내리는 백야 — 2

내가 그 세계를 열어 보기 전
하얀 세계는 내 사념을 덮어
꽃이 소멸에 생성의 의미를
가르쳐 주었다

지난 4월 목련화의
하얗게 부푼 착시가 하늘을 돌아
육각형의 결정체를 만들고
백야의 오랜 시간
무아의 지경에 나를 가두어 두고

꿈길 사이에 서면

지난날
그대가 내게 주었던 황금 목걸이
오늘 바다 위 세월 겹겹 누빈
금비늘 찰랑이며
그대를 향해 떠오릅니다

지금도 수중 깊은 곳엔
원을 그리며
무심히 내리는 빗물 속
아무도 모르게
숨겨 논 비밀의 화원

언제나 붉은 산호꽃으로
나풀거리며
영원히 끝나지 않을
우리의 질긴 운명 같은
그물을 드리울래요

옛날옛날 약속도 없이
흘러간 물결 타고 오신다면

해 저문 밤 떠돌다 만 나룻배로
꿈길인 듯 닿아서
그렇게 흘린 세월 건너서

너무 멀리 왔다

너무 멀리 왔을까
길을 잃었다

기억의 줄기가
너무 길어 엉켜 버렸을까
길이 지워졌다

엉겅퀴를 뒤져 보았지만
아지랑이 속에
환영 같은 것이 어른거리며
겹치는 세월이
살같이 빠르게 지친다

꽃가지 늘이는 봄밤
순간이었나 보다
햇살 헤치고 서면
그 맹세도 바래
허사가 되었다

오늘은 얕은 잠꼬대로
잊은 듯 잊지 않은 이름 하나
변방에 하룻밤
나그네 되어
섬긴 별로 뿌리련다

왜 그 말이

그 밤은 그믐달이 되어
깊고 깊은 달도 건너가겠지

가끔은 양지바른
그대 창틀 밑
만리향으로 피어나고 싶을 때
하지 못하고 남겨둔 말

왜 나는
사랑한다는 말이 슬플까

사유서

평생 빚진 자로
결박당했음을 모르는 그에게
오늘 전하지 않은 사유서를 쓴다
변명 같은 사유서지만

연륜의 주름 이 나이테만큼 늘어난
프로필 사진을 훔쳐볼 때
회한에 눈물이 난다

아! 그래도 잘 살고 있구나
그래
나 역시 잘 살고 있지

인생의 벼랑 끝이
언제일지는 몰라도
진실 하나는 최종적으로 남았지
그가 남긴 지문처럼

그건
장난이 아니었어
그저 꼬인 운명이었을 뿐

그 밤엔

달빛이 유난히도 밝은 날엔
섬나라 두고 온 은빛 머리 휘날리며
밤새 잠 못 이루는 갈대가 생각난다

먼 나라에서 온 각종 새들도
잠잠해지면
적막만이 달빛 속을 서성이는 밤

포석의 줄기를 타고 도는
무언의 언어의 바다
낙화하며 퍼지는 파도 소리

달 밝은 외딴섬
아! 나도 그 소리와 함께
철썩이고 싶다

춘삼월엔

춘삼월 바람난
꽃샘바람 같이
그대 문 둔턱에 아지랑이처럼
떠돌고 싶다

창틀 밑
오래 묵은 먼지를 털면
약속도 없이 밀리는
구름 같은 생각을
산수화로 그리고

화려하게 무르익는 봄
아득한
지금은 매몰된 시간이지만
처음 내게 걸어왔던
가까운 거리에서
환하게 웃는 고운 그대에게

춘삼월 가기 전
꽃 화관 만들어 씌워주고 싶다

하루

달력의 숫자 위를 맴돌며
지치는 하루

계절의 촉감 속에
느껴오는 세월 공간 사이

아직 미완성의 조각들
맞추고 있는 퍼즐

삶의 일부는
예기치 못하는 현실이 되고
그림은 자주 바뀌어
모래 위에 그림자거나
물그림자였다

돌아갈 곳은
한 곳뿐이라는데
하루가 힘겹게 서 있다

갇힌 그곳

쓸쓸히 저물어 가는 정원에
꽃씨를 뿌리고 싶다

여름은 사라져 아득한데도
여전히 우거지고 싶은 생각의 정원엔
밤마다 만월로 가득 차오르고
꿈속으로 흐르는 안개
그 너머 헤매이듯
스산한 밤 벌레 울음소리

혼돈의 시간이 돌고 있다
적막 속에 쏟아지는 달빛

저기 아직도
찬연히 빛을 내는데

오랜 기억 사이로 — 1

밤길을 걸으면
슬픈 듯
따라오는 긴 그림자

뒤돌아보아도
맞춰 걸어 보아도 접히는 길

청명한 아침
때로는 해맑은 소년 같은
얼굴로 다가왔다가

약속도 잊은 채
휭하니 사라져 갔다
아직 안녕이라고
말하지 못했는데

서로가 묻지 않은
궁금한 안부

가끔 책장 뒤지듯 열어 보는
먼 소문만 무성한 생각들

오랜 기억 사이로 — 2

서로의 교착점
어긋난 지 오래지만
그 자리
그늘이 내릴 때마다
하얗게 쏟아지는 찔레꽃

아! 그윽한 향기
햇빛을 타고 앉아
깔깔 웃던 꽃잎들

가끔은 가시를 박는지
가슴이 따갑다

다 못 이룬 잠

해 저문 강가
그림자 풀어 놓으니
제멋대로 떠다니는
한적한 쪽배

밤 깊은 줄 모르고
아무 곳이나 닿으면
달빛에 취해 잠들면 될 것을

분분히 날으며
차곡차곡 쌓이는 생각 사이
그대와 나 사이
무슨 말이 필요하랴

긴긴밤 설피 드는 잠
요원한 꿈인들 어쩌랴

어릿광대의 사랑법

고적한 산속
하늘을 떠도는
공허한 상념이

전선 난간에
물방울로 매달려
그렁거리고 있다

고립된 세계를 구축하고
떨어지지 않으려는
필사적인 어릿광대의 줄타기
그것도 사랑이라고

그곳으로

꽃잎에 번지는
봄나들인 듯
분홍색 물들이며
내 나이 20대
꽃밭 딛고 가 봐야지

왕궁도 부럽지 않은 하루
아! 후회 없이 굳게 맹세한
남은 기억 속의 사람

사랑 하나 목숨 걸 듯
건 생애의 단 하루인 듯
레이스 치맛자락 펼치어

우주에 꽉 찬 별 속
운명적인 별을 스쳐
가슴 울렁이며 한 날 걷어
살랑이며 가 봐야지

봄은 마음속에

고요를 거닐다
잠기는 고요 속

고요를 뚫고
튕겨 나오고 싶은 시간

아, 거기 당신이었군요
내 고요를 먹은 사람이

와글와글 꽃이 피고
나비가 날아오르고
고요를 깨운 숲은
시절 없이 봄이 됩니다

시도 때도 없이 환해 오는
마음속의 봄

듣고 계세요

주님 아시지요
복제된 심장 내 반쪽도
거기 살아요

내 어머니 못내 죽지 못한
심장 반쪽
아직 그곳에 남아 있어요

주님 듣고 계세요?
아직 닿지 못한 넋은
비로봉을 밤마다
헤매 돌고 있어요

울 어머니 살아 생전
볼 수 없었던 핏줄 때문에
무덤가 서리서리 차서 내리는 밤

북쪽의 소쩍새는
그토록 울어 밤을 샌다네요

그날이 아직 — 1

마음은 아직
고요한 물결에도 설레고
스치고 가는 댓잎 소리에도
흔들리는 바람

청청 푸른 숲 맘 깊은 곳
고요를 깨고 있는
당신은 누구신지요

그날이 아직 — 2

지난날이
오늘 순간인 양
선명해져
까닭 없이 서러울 땐

당신과 꽃비 내리는
산등성에 노을로 잠겨서

약속도 없는 시간
스러지는 밤하늘을
지치도록 헤엄쳐 가면

닿을 듯 닿을 듯
아슬한 별나라
반짝이고 있는
당신은 누구신가요

보름달 그 밤에

봄밤 피는 어느 쯤에
님이 오시는가 보다

물여울 건너는 개울가에
해맑은 얼굴 드리우고

보름달 두둥실
구름 속 보일 듯 말 듯

휘황한 길 열고
님이 오시나 보다

달의 이동

평생 가슴에
달 하나 품었다

그 달은
내 창가에서 빛을 내고
화려한 무대를
꾸며 주기도 했지만
갑자기 빛을 잃고
사라지기도 했다

어떨 땐
요요한 달빛은
내 발걸음을
따라다니기도 하고
산마루에 숨어서
숨박꼭질하기도 했다

그렇지만
날카로운 초생달이 되어
가슴에 비수를 꽂기도 했다

나는 달과 같이 이동하며
친구가 되어 살아서
달의 이동 경로가
그림자같이 선명하다

홀로그래피

마법 같은 순간에
홀로그래피 속 그대를 만나
흔들리는 불빛 속에서 춤추고
나뭇잎처럼 춤추고

당겨오는 입체감에
4차원의 세계

그건
한 자락의 환영
해파리 심장 속으로
들어가듯
겹치는 그림자놀이

내 그림자 어디 갔지

나뭇잎 갈피 속을

나는 가끔 책 속에
숲을 떠나온 방울벌레가 됩니다

잠시 잃은 기억이
세상 안에서
내 목소리를 담고 울고 있을 때
베인 나무목이
희디희게 누워 있고
깨알 같은 독백이 시작됩니다

사념 속에 갇힌 방
누가 다녀갔을지도 모르는 그 안을
오늘도 사각사각 소리를 내며
밟고 다닙니다

기차는 잊힌 순간에도 — 1

잊힌 시간이 살아나면
나는 추억의 기차를 타요

강기슭 돌아 산등선을 돌아
기약 없는 시간의 기차를 타요

스치는 창밖엔
당신이 보냈던 편지들이
나비처럼 날아다니고
못다 핀 언어의 줄기들은
무성히 자라 우거지고 있어요

기차는 잊힌 순간에도 — 2

저봐요
당신이 서 있는 칸 유리창 속
세월이 비껴간 곳에
당신이 비치네요
늘 청년인 모습으로

아마 나는
미처 정지하지 못했나 봐요
영원히 시간은 기차 여행을 해요

나의 봄에게

너는 꿈속에 묻어 둔
나의 봄이야
실루엣 커튼을 젖히면
들꽃은 무지무지 번져서
무지개처럼 내 눈 속에서 아롱지지

우린 항상 거기 있어
늘 그늘 밑에서 춤추며
그곳은 지나간 곳이기도 하지만
멈춰 있는 곳이기도 해

순간 찰나는 나무 잎새를
건너다니는 반짝이는 햇빛처럼
외로울 때마다 그 속을 거닐지

항상 너는 잊지 않는
나의 봄 기억 속에 살아
그래서 결코 외롭지 않아

상처

상처는 아리다
아름답다

시간이 지날수록
아문 자리에서 꽃이 된다

머리 위로 눈 안으로
그림자로

아른거리는 나뭇잎처럼
그대 창문 앞
그 먼 곳도 바람 없이 갈 수 있다

스토커

나는 너의 손톱이고 싶어
잘라도 잘라도 자꾸 자라나는

나는 너의 머리카락이고 싶어
잘라도 잘라도 자꾸 자라나는

나는 너의 혈관이고 싶어
생의 순간까지 줄기차게 돌고 싶은

나는 너의 손금이고 싶어
거부할 수 없는 운명같이

별 — 1

어쩌죠
별들도 잘못 접어든 길이 있어
갈팡질팡하지만
가고 싶은 길이 따로 있나 봐요

공허로 가득한 구름 숲을 헤치면
누가 먼저랄 것도 없이
일치된 하나로 같이 밝아지고
같이 어두워져요

조금 일찍 뜨고 조금 늦게 질 뿐
별은 너무 멀어 알 수 없을 때도 있지만
마음속으로 내려앉으면
가장 가깝게 살아 있죠

별은 늘 환해서
하지 않은 말까지 느껴져요

광활한 우주와 상관없이
별은 순간이지만
순간은 영원이기도 하죠

별 — 2

억만 년 몰고 온 빛처럼
지구의 인력에의 이끌림으로
나 그대에게로 가면
밤하늘은 비밀의 공간입니다

마음속에 간직하면
다만 자개장 속에 박힌
조개처럼 영롱해서
전혀 분리될 염려가 없죠

내가 간직하고 있는 별은
무궁토록 변함이 없고
참 아름다워요

심장 속에 사는 새

불면의 밤이
백야처럼 환해 올 때
심장 속에 숨어 있는
그림자 같은 작은 새

어디서 보았을까
사막 어느 나무엔가
앉아 있던 작은 새

벌새였던가
눈 깜작할 사이
서둘러 사라지던
어슴푸레한 전설 속에 살던 새

오늘 아침에 문을 여니

창문을 두들겨서
창문을 여니
바람인 줄 알았더니

너였어

구름 한 점 헤매어
따라가 보았더니
문뜩 떨어져 나간 시간이었어

나뭇잎이 사근거려
그림자를 밟았더니
저만큼 멀어져 간
그리움이었어

그리움 가득 고여
눈물을 흘리니
그것은 눈 속에 타다 말고
날아간 불티였어

아! 찬란했던
몇 광년 건너온
하늘을 수놓았던 불꽃들

지상의 별꽃

어둠을 헤치고 내려와
별꽃으로 피어 달 마중하듯
어느 날에 기약도 없이
내게로 왔다 갔구나

오늘 사철나무 사이를
유영하는 바람의 노래를 부르는
파란 심장을 갖고 있는 너는

파란 멍으로 핀 멀고도 먼
나의 첫사랑이었구나

고백 — 속엣말

그가 칼퀴 바람 되어
가슴을 할퀴고
오늘 내 창을 넘을지도 몰라
아주 오래전 모습으로

나는 바뻐 저녁놀로
얼굴을 기억해 내다
숨을지도 몰라

시간의 간만에 차이로
어쩌면 잘못하고도
아직 잘못했다는 말 못하고
헤어져 용서한다는 말
듣지 못했으니

가끔 속엣말 중얼거리지
'그땐 정말 미안해'
'다시 오는 시절이 있다면
그런 착오는 없을 거야'

우연처럼

당신이 아주 뜻밖에
우연처럼 왔듯이

어슬녘
낙엽 등에 얹고
순간 놀랄 일인 듯
서 있다면

어느 날
커피 향기 가득한 카페
노을 물든 얼굴로
문 열고 들어온다면

아니면
가로등 밑
길 잃은 사람마냥 걸어온다면

십수 년 꿈결 같아
차마 놓을 수 없는 짧은 인연

우리의 시간이 끝나기 전
정말 우연처럼 한 번쯤
그렇게 건너왔으면

가을을 지우는 밤에 — 1

누군가 그리운 불빛이
깜빡이는 거리를 내려다보다
의미 없는 것이
갑자기 보고 싶을 때가 있다

은밀히 숨겨 논 하얀 달이
오늘은 백양잎처럼 희미하게
웃고 서 있었으므로

꽃들이 불빛 속에서
바랜 빛을 띠고 내 사랑도
어느덧 낡았는지
나뭇잎 귀퉁이에서
떨어져 나갈
준비를 하고 있었다

가을을 지우는 밤에 — 2

가을은 사색 깊은 얼굴을 하고
하늘에 걸린 별들을
한 발짝씩 물리며 숨기려 했지

찬란한 기억의 등불은
어디다 걸어 두었을까?

창밖에 한적한 풍경
주고받던 이야기도 아득한데
내 사랑의 길은 자꾸 밟히는지
잃은 길로 여윈 잎들이
제 자리에 포갠 채
잠을 재촉하고 있다

잊힌 소리

눈 오는 어느 날엔
자귀나무 어귀에 귀를 달아 줄까
'내 소리 들어 줄래'
'바람 소리 들어 줄래'

섣달그믐 감춰 두었던 속엣말
그래도 꼭 하고 싶은 말

시린 발 감추어
붉게 밝힌 동백꽃 등
언젠가 눈 맞추며 길손 되어
지나쳤을지도 모를
아득한 소리

묻힌 소리일지라도
한 번쯤 생각해 줘

자귀나무 곁을
지나치는 바람 소리
모퉁이를 돌아서는
못내 잊힌 소리

밤새 소리 없이 내리는
싸락눈 소리

슈퍼 문

오늘 밤
창 너머 북극성 줄기를 따라
그리움 번지는 달 눈
그윽이 넘쳐날 때 눈을 맞추면
슈퍼 문이 얼마나 밝게 빛을 내는지

어둠을 뒤지며
어둠이 익숙해질 때까지
가 보아요

침묵 속 무음의 언어들이
실개천 여울을 돌고 돌아
메아리로 다시 돌아올 때까지

홀연히 그 밤에

너는 올 것이다
약속도 없이 약속이 된 것처럼
달이 만삭이 될 쯤
무아지경의 비처럼 내려서

반사된 달빛의 향연
기다림으로 서성이면
불빛 휘황한 저 멀리
홀린 듯
너는 올 것이다

그땐,
가로수 잎들이
색색 물든 머리카락을 날리우고
생각에 잠긴 가로등은
지친 거리를 내려와
바람과 손을 잡는 시간

구름에 싸인 보름달인 듯
가슴으로 흐르는 구름인 듯
그렇게 그 밤에 설레며
너는 나에게 올 것이다

가을이 되면

나 가을이 되면
저 먼 나무 끝
물들어 내려와
그대 창틀 밖 어룽지고 싶네

그땐 책갈피 속에 묻어 둔
빛바랜 잎이라도 기억해 줘
그 잎 속 이력 지난 봄날이
얼마나 싱그러운 날이었는지

오늘 가물거리는 등을 켜고
초저녁 추적이는 비 핑계로
눈물을 감출 수 있을 거야

별빛보다 더 차고 맑은 눈물을

잠의 위력으로

하루가 무료하면
'그래, 그거야'
마법의 잠으로
날개를 다는 시간

지구상의 무중력 상태로
허허로이 떠가서

흔적 없는 시간을 잡아 와
가끔 횡재를 한다면
그리운 사람을
빛의 반사체로
만나는 꿈을 꿀 수 있지

그늘도 가끔은
아름다운 역광의
피사체 역할을 하지